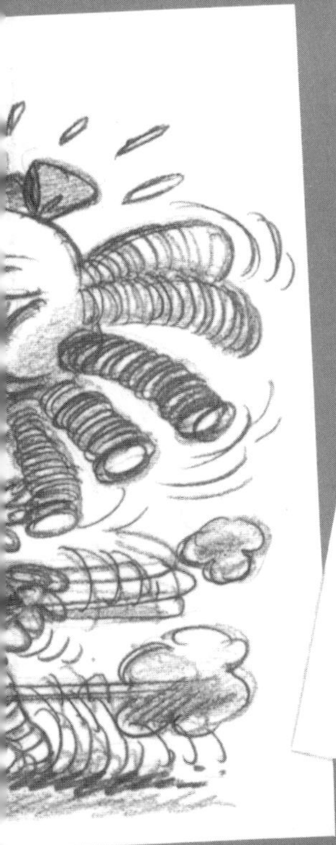

CÉDRIC

COMME SUR DES ROULETTES

Dessin : Laudec

Scénario : Cauvin

Couleurs : Leonardo

DUPUIS

D. 1996/0089/31 — Dépôt légal : janvier 1996.
ISBN 2-8001-2378-8 — ISSN 0775-6658

Imprimé en Belgique.

Douce nuit

JOYEUX NOEL
NE FAIS DONC PAS CETTE TÊTE-LÀ, PAPA! JE T'ASSURE QUE ÇA VA FAIRE PLAISIR À CÉDRIC QUE NOUS SOYONS VENUS TOUS ENSEMBLE !
POUR UNE FOIS QU'IL ACCEPTE DE PARTICIPER À UNE FÊTE D'ÉCOLE !
J'AIME PAS LES FÊTES D'ÉCOLE! C'EST ENNUYEUX ET ON EST MAL ASSIS !
ATTENDEZ AU MOINS D'AVOIR VU! C'EST VOTRE PETIT-FILS, TOUT DE MÊME!
C'EST VRAI ÇA !
BOM BOM BOM
CHHHT
CHHHHT
CHHT
JOYEUX NOEL
KRRR...
KRR....
LE MIRACLE DE NOËL! PREMIER TABLEAU : FATIGUÉS, ÉPUISÉS, JOSEPH ET MARIE CHERCHENT DÉSESPÉRÉMENT UN ABRI POUR PASSER LA NUIT...
À VOUS, ALLEZ-Y!
BIEN! TRÈS BIEN!
OÙ IL EST, LE GAMIN ?
IL FAIT L'ÂNE AVEC CHRISTIAN!
CHHHT
CHHT!
104/1

KRAAAK
BOM
Y AVAIT PAS PLUS GROSSE? HEIN? DITES?
CÉDRIC!
ET D'ABORD, MA COUSINE, ELLE N'EST PAS GROSSE!
AH NON? ALORS POURQUOI T'AS PAS CHOISI L'ARRIÈRE, EH, CLOAQUE!?
CÉDRIC!
RIDEAU!
WOUAHAHAHA
PAPA!
ON ENCHAÎNE! TABLEAU NUMÉRO DEUX! ALLEZ, VAS-Y, NICOLAS...
RIDEAU!
KRRRRRR KRRRRRR
CHHHT
CHHHHT
CHHHT
CHHHHT
IL EST MINUIT, UN ANGE APPARAÎT À DES BERGERS ET LEUR DIT...
EN SCÈNE, LES BERGERS!
...ET LEUR DIT...
L'ANGE! OÙ EST L'ANGE? ENVOYEZ L'ANGE!
...ET LEUR DIT...
OÙ IL EST, LE PETIT?
LE TROISIÈME EN PARTANT DE LA GAUCHE!
CHHHT!
CHHHT!
104/2

KRiiiiiiiP
... ET LEUR DIT...
KRiiiiiiiPKRiiiiiP
AH ENFiN!
TU LA BOUCLES, DiS?
HOSANNA! HOSANNA AU PLUS HAUT DES CiEUX...
CLAK
BLOUF
QU'EST-CE QUi VOUS A PRiS DE LÂCHER LA MANiVELLE!
J'AI PAS LÂCHÉ LA MANIVELLE! C'EST LE NOEUD QUI A LÂCHÉ.
RiDEAU! RiDEAU!
PAPA!
EN PLACE POUR LE TABLEAU NUMÉRO TROIS!
QU'EST-CE QUE TU VEUX, TOI?
DJU
VOYONS, CÉDRIC, QU'EST-CE QUI T'A PRIS?
QUAND ON SAIT PAS FAIRE UN NOEUD, ON N'EN FAIT PAS!
CALME-TOI! IL Y A EU PLUS DE PEUR QUE DE MAL! TU VOIS BIEN QU'ELLE N'A RIEN!
NON, MAIS ÇA AURAIT PU!
C'EST VRAI ÇA! SI ON N'AVAIT PAS ÉTÉ LÀ...
104/3

CAUVIN - Laudec '93.

Jouez, c'est gagné...

3 B
7 BALLES POUR 10 F
POK
TCHIOUWWW
POK
POK
TCHIOUWW
TCHIOUWW
TCHIOUWW
TCHIKLING BLING KLING
7 BALLES POUR 10F
7 BALLES POUR 10F
114/2

POK
TCHIOUWWW
POK
7 BALLES POUR 10F
7 BALLES POUR 10F
BLING KLING
KLING
TU EN AS SOUVENT DES COMME ÇA ?
NON... ET HEUREUSEMENT !
FLYING BALLS
TOMBOLA
114/3
CAUVIN - Laudec '94.

Un coup de vieux...

Bulletin recyclé

EEEH!
ON... ON DIRAIT...
DANS LE SAC, LES DÉTRITUS!
MAIS CE N'EST PAS UN DÉTRITUS! IL EST TOUT NEUF!
DANS LE SAC, J'AI DIT!
MADEMOISELLE! MADEMOISELLE! REGARDEZ CE QUE JE VIENS DE TROUVER...
À MON AVIS, C'EST QUELQU'UN QUI L'A JETÉ DU PETIT PONT!
BIEN RAISONNÉ, NICOLAS, ET APPAREMMENT, CE QUELQU'UN AVAIT UN INTÉRÊT VITAL À S'EN DÉBARRASSER...
BULLETIN
CÉDRIC!
J'AI BIEN ESSAYÉ DE FAIRE JOUER LA PRESCRIPTION, MAIS ÇA N'A PAS MARCHÉ...
BIEN SÛR, HUIT JOURS, C'EST PAS ASSEZ!
105/2
CAUVIN - Laudec '93

Un instant d'intimité

!
TAP
TAP
TAP
AAAAAH!
'MAN, J'AI SOIF!
LE JUS D'ORANGE EST RESTÉ SUR LA TABLE, MON CHÉRI!
NE FAIS PAS CETTE TÊTE-LÀ, ROBERT! IL VAUT MIEUX MAINTENANT QUE PLUS TARD! APRÈS, IL A TOUJOURS DU MAL À S'ENDORMIR!
GLOU GLOU
BONNE NUIT!
C'EST ÇA! BONNE NUIT!
SLASH
SLASH
SLASH
CHIOMP
CHIOMP
CHIOMP
?
QU'EST-CE QUE VOUS FAITES LÀ, VOUS?
J'AVAIS UNE PETITE FAIM...
ROBERT!
ÇA VA! ÇA VA! J'AI COMPRIS... JE GÊNE!
MAIS NOOON!
MAIS SI!
SLASH SLASH SLASH SLASH
102/2
CALME-TOI, CHÉRI. JE VOUDRAIS T'Y VOIR, MOI, À SON ÂGE...
JE N' IRAIS PAS ENQUIQUINER MA BELLE FILLE MOI!..

'MAN, J'AI ENCORE SOIF!
PRENDS LA BOUTEILLE ET DISPARAIS! VU?!
OUI, PAPA!
ROBEEERT!
BONNE NUIT, PAPA! BONNE NUIT, MAMAN!
C'EST ÇA! BONNE NUIT!
BONNE NUIT, MON CHÉRI!
SLASH
SLA
SLASH
SLASH
BEN ZUT ALORS!
TU CHERCHES QUELQUE CHOSE, PAPA?
OÙ IL EST PASSÉ, LE JUS D'ORANGE?
MAIS C'EST PAS VRAI! MAIS C'EST PAS VRAI!
CÉDRIC A PRIS LA BOUTEILLE AVEC LUI DANS SA CHAMBRE...
AH, BRAVO! IL Y EN A QUI NE SE GÊNENT VRAIMENT PAS!
TOUT POUR MOI, RIEN POUR LES AUTRES! C'EST TOUT LUI, ÇA!
GAMIN, LE JUS D'ORANGE, S'IL TE PLAÎT!
NAN!
O.K! J'AI COMPRIS! MARIE-ROSE, Y A DU PERRIER?
DANS LE FRIGO!
C'EST PAS BIENTÔT FINI?!
102/3

OH ÇA VA ! ÇA VA, J'AI COMPRIS, JE GÊNE !
OUAIS ! VOUS GÊNEZ ! VOUS ÊTES CONTENT ?!
ROBERT !
SOYEZ TRANQUILLES ! JE NE VOUS GÊNERAI PLUS LONGTEMPS ! DEMAIN, JE FAIS MES VALISES ET HOP, DIRECTION L'HOSPICE !
ENFIN ! LA MEILLEURE NOUVELLE DE LA SOIRÉE !
ROBERT !
PAPA, TON PERRIER !
GARDE-LE, JE N'AI PLUS SOIF !
VOUS N'AVEZ JAMAIS EU SOIF !
TOUS LES SOIRS, C'EST PAREIL ! IL NE FAIT CELA QUE POUR NOUS EMBÊTER ! AVOUEZ ! ALLEZ, MAIS AVOUEZ DONC !
JE NE VOUS ADRESSERAI PLUS LA PAROLE QU'EN PRÉSENCE DE MON AVOCAT !
ROBERT ! LÀ TU EXAGÈRES !
ET PUIS ZUT ! J'EN AI ASSEZ ! JE VAIS ME COUCHER !
MAIS... MAIS, CHÉRIE ?
BONNE NUIT !
LE LENDEMAIN MATIN...
JE SAIS QU'ON LEUR TAPE SUR LE SYSTÈME, GAMIN. SEULEMENT FAUDRAIT SAVOIR UNE CHOSE : OU BIEN ON RESTE À QUATRE, OU BIEN ON LAISSE ALLER LES CHOSES. C'EST VRAIMENT ÇA QUE TU VEUX ?
BEN NON ALORS...
ALORS, CROIS-EN MA VIEILLE EXPÉRIENCE ! ON A INTÉRÊT À CONTINUER COMME ÇA !
102/4
CAUVIN - Laudec '93.

Première rencontre

ET PUIS QUOI ENCORE? JE SUIS EN ÂGE DE ME DÉBROUILLER SEUL...
NON, MAIS...
COMME TU VOUDRAS!
OR, CE JOUR-LÀ, LE HASARD VOULUT QUE...
ÉCOUTEZ-MOI, JE VEUX BIEN VOUS ENGAGER, MAIS QU'EST-CE QUI ME PROUVE QUE VOUS ÊTES UN BON VENDEUR?
-50%
METTEZ-MOI À L'ESSAI...
COMBIEN DE TEMPS?.. UN MOIS? DEUX MOIS?.. ET SI VOUS NE VALEZ RIEN, J'AURAI PERDU MON TEMPS... NON, MOI CE QUE JE VEUX, CE SONT DES PREUVES RAPIDES...
ATTENDEZ!
VINGT ANS QUE CETTE HORREUR ENCOMBRE MES STOCKS! JUSQU'ICI, PERSONNE N'A RÉUSSI À LE VENDRE... SI VOUS RÉUSSISSEZ, LA PLACE EST À VOUS! VOUS AVEZ MA PAROLE...
ISTAN
Y A QUELQU'UN?
JE PEUX FAIRE QUELQUE CHOSE POUR VOUS, MONSIEUR?
JE CHERCHE UN TAPIS POUR METTRE SOUS LA TABLE D'UN SALON, ROND, DEUX MÈTRES DE DIAMÈTRE, ET PAS CHER! J'AI PASSÉ LA MOITIÉ DE MA VIE EN ORIENT... PENSEZ SI JE M'Y CONNAIS...
FORMIDABLE! J'ADORE DISCUTER AVEC UN CONNAISSEUR...
103/2

AH? PARCE QU'IL A ÉTÉ EN... EN...
EN ORIENT? PENSES-TU! IL VOULAIT IMPRESSIONNER LE VENDEUR, VOILÀ TOUT! HI HI HI...
TCHAC TCHAC
ET APRÈS?
... UNE HEURE PLUS TARD, LE "CONNAISSEUR" REVENAIT FIÈREMENT À LA MAISON, SON ACHAT SOUS LE BRAS...
QU'EST-CE QUE VOUS DITES DE ÇA?
CHÉRI, OÙ DONC AS-TU ÉTÉ ACHETER CE... CETTE CHOSE?!...
APPRENEZ, CHÈRE MADAME, QUE CETTE CHOSE COMME VOUS DITES, EST UN TAPIS FAIT MAIN EN PROVENANCE DIRECTE DE LA CORDILLÈRE DES ANDES!
DE...? DE LA QUOI?
DE LA CORDILLÈRE DES ANDES, AU PROCHE-ORIENT! TU ME PEINES, MARIE-ROSE! TU N'AS DONC RIEN APPRIS À L'ÉCOLE?
HI HI HI HI HI HI HI HI HI
LA CORDILLÈRE DES ANDES? C'EST OÙ, MAMAN?
JE... JE NE ME SOUVIENS PLUS, MON CHÉRI, MAIS CERTAINEMENT PAS EN ORIENT!
TCHAC TCHAC
ON NE PEUT PAS EN VOULOIR À PÉPÉ, CÉDRIC! IL A TRAVAILLÉ TRÈS DUR DÈS SON PLUS JEUNE ÂGE POUR ÉLEVER SA FAMILLE ET IL N'A PAS EU LA CHANCE COMME TOI D'ALLER BEAUCOUP À L'ÉCOLE...
C'EST VRAI, ÇA!
N'EMPÊCHE, MADEMOISELLE NELLY DIT TOUJOURS QUE QUAND ON SAIT PAS ON DIT RIEN... AINSI, ON ÉVITE DE DIRE DES BÊTISES...
TCHAC TCHAC TCHAC TCHAC TCHAC
ET APRÈS?
TCHAC TCHAC
103/3

IL ÉTAIT FURIEUX, PAPA ! IL A REPRIS SON TAPIS SOUS LE BRAS ET IL EST RETOURNÉ AU MAGASIN...
ENCORE UNE FOIS, MES FÉLICITATIONS ! LA PLACE EST À VOUS !
MERCI, MONSIEUR LE DIRECTEUR !
EH ! VOUS, LÀ !
OH OH... JE... JE VOUS LAISSE...
MON... MONSIEUR ?
JE VIENS POUR ÉCHANGER CETTE HORREUR.
MENTEUR !
LES ARTICLES NE SONT NI REPRIS NI ECHANGES
LA DIRECTION
DE QUOI ? ALORS C'EST NON ?
C'EST NON !
VOUS M'EN VOYEZ DÉSOLÉ, MAIS LE RÈGLEMENT...
...VA Y AVOIR DU SANG SUR LES CARPETTES...
DES TAPIS, MONSIEUR ! DES TAPIS...
HÉHÉ...
PAPA, LAISSE-NOUS UN INSTANT, S'IL TE PLAÎT !
MARIE-ROSE ?! MAIS QU'EST-CE QUE...?
JE VOUDRAIS SIMPLEMENT DISCUTER UN PEU AVEC MONSIEUR...
UN MONSIEUR, ÇA ?! UN VOYOU, UN ESCROC, UN...
PAPA !
BON, D'ACCORD, JE T'ATTENDS DEHORS, MAIS NE RESTE PAS TROP LONGTEMPS ! TU NE PEUX PAS SAVOIR L'ENVIE QUE J'AI DE METTRE LE FEU À CE ✱✱ DE MAGASIN !
103/4

...ET TOI, TU AS RÉUSSI À LE CONVAINCRE?
OUI, HI HI HI...
TCHAC TCHAC TCHAC TCHAC TCHAC TCHAC TCHAC TCHAC TCHAC
IL M'A DIT QU'IL ME TROUVAIT JOLIE, JE LUI AI DIT QU'IL N'ÉTAIT PAS MAL NON PLUS... EN UN MOT, ON A DE SUITE SYMPATHISÉ...
ON A TOUT DE SUITE SYMPATHISÉ ET GNÉGNÉGNÉ ET GNÉGNÉGNÉ
TCHAC TCHAC
IL T'A REPRIS LE TAPIS?
IL L'A GARDÉ POUR LUI! EN ÉCHANGE, IL NOUS EN A OFFERT UN AUTRE, MAGNIFIQUE CELUI-LÀ!
TCHAC TCHAC
C'EST MAMAN QUI A ÉTÉ CONTENTE...
QUANT À MOI, J'AI CONTINUÉ À VOIR LE PETIT VENDEUR... ON S'EST AIMÉS ET ON S'EST MARIÉS...
TCHAC
QUOI? LE VENDEUR, C'ÉTAIT PAPA!?
ET C'EST MAINTENANT QUE TU DEVINES ÇA?... PAS FUTÉ LE PETIT-FILS D'ANDOUILLE!...
DAAAH!
SI VOUS N'ÊTES PAS CONTENT, VOUS POUVEZ TOUJOURS FAIRE LE TRAVAIL VOUS-MÊME! VOYOU! ESCROC! MENTEUR!
PAPA!
ESCROC? VOYOU? MENTEUR? MAIS QU'EST-CE QUI LUI PREND? QU'EST-CE QUE JE LUI AI ENCORE FAIT À CE VIEUX?
HI HI HI! VIENS, CHÉRI. JE VAIS T'EXPLIQUER!
103/5
CAUVIN Laudec '93

La bonne planque

Artiste en herbe

KRAC
KRAC
OÙ EST CÉDRIC ?
DANS LA BUANDERIE. IL S'EST JURÉ DE FAIRE LE BUSTE DE CHEN ET DE LUI OFFRIR LE JOUR DE SON ANNIVERSAIRE !
ALORS LÀ, JE NE VEUX PAS RATER ÇA !
SALUT, FISTON !
SALUT, 'PA !
À MON AVIS, TU AS ENTREPRIS LÀ QUELQUE CHOSE AU-DESSUS DE TES MOYENS ! T'AURAIS SIMPLEMENT PU LUI OFFRIR UN BALLOTIN DE CHOCOLATS !...
LES CHOCOLATS, ÇA FAIT GROSSIR, ET ÇA ATTAQUE LES DENTS !
BON, BON... POUR MOI,... CE QUE J'EN DISAIS...
HOULÀLÀÀÀÀ ! IL N'EST PAS À PRENDRE AVEC DES PINCETTES, NOTRE ARTISTE !
HI HI HI ! JE VAIS ALLER AUSSI LUI RENDRE UNE PETITE VISITE !
106/2

BONJOUR, CHÉRI...
'JOUR 'MAN !
ET SI TU LUI OFFRAIS SIMPLEMENT UN BALLOTIN DE CHOCOLATS ?
LES CHOCOLATS, ÇA FAIT GROSSIR ET ÇA ATTAQUE LES DENTS !
BON, BON ! MOI, JE DISAIS ÇA COMME ÇA !
EH BEN...
JE T'AVAIS PRÉVENUE !
SALUT, GAMIN !
'JOUR, PÉPÉ
NAN ! JE NE LUI OFFRIRAI PAS SIMPLEMENT UN BALLOTIN DE CHOCOLATS, PARCE QUE ÇA FAIT GROSSIR ET QUE ÇA ATTAQUE LES DENTS !
MAIS TU AS RAISON, GAMIN ! TU AS MILLE FOIS RAISON !
N'EMPÊCHE QUE...
106/3

DEUX JOURS PLUS TARD...
ÇA Y EST! J'AI FINI! EN COULEUR ET TOUT ET TOUT!
JE VAIS APPELER CHEN ET AUSSI CHRISTIAN! J'ESPÈRE QUE VOUS AUSSI, VOUS VIENDREZ VOIR LE RÉSULTAT! VOUS VIENDREZ, HEIN? DITES! VOUS VIENDREZ?
BIEN SÛR!
TU PARLES!
MAIS OUI!
PLUS TARD...
ATTENTION... UN... DEUX... ET...
TROIS!
ALORS, CHEN? QU'EST-CE QUE TU EN PENSES? HEIN? QU'EST-CE QUE TU EN PENSES?
HEU...
OUAHAH HAH
HIHIHI
HOHOHO
HIHIHI HAHA
...ON... ON DIRAIT UNE FILLE TOUTE JAUNE, QUI A MANGÉ TROP DE CHOCOLATS, ET QUI A LES DENTS GÂTÉES...
NOTEZ QUE D'HABITUDE, ON A HORREUR D'AVOIR RECOURS AUX SERVICES D'UN PSYCHOLOGUE, MAIS CETTE FOIS-CI, ON CROIT VRAIMENT QUE ÇA LUI EN A FICHU UN COUP...
AGAA
AGA...
GA...
106/4

Leçon de maintien

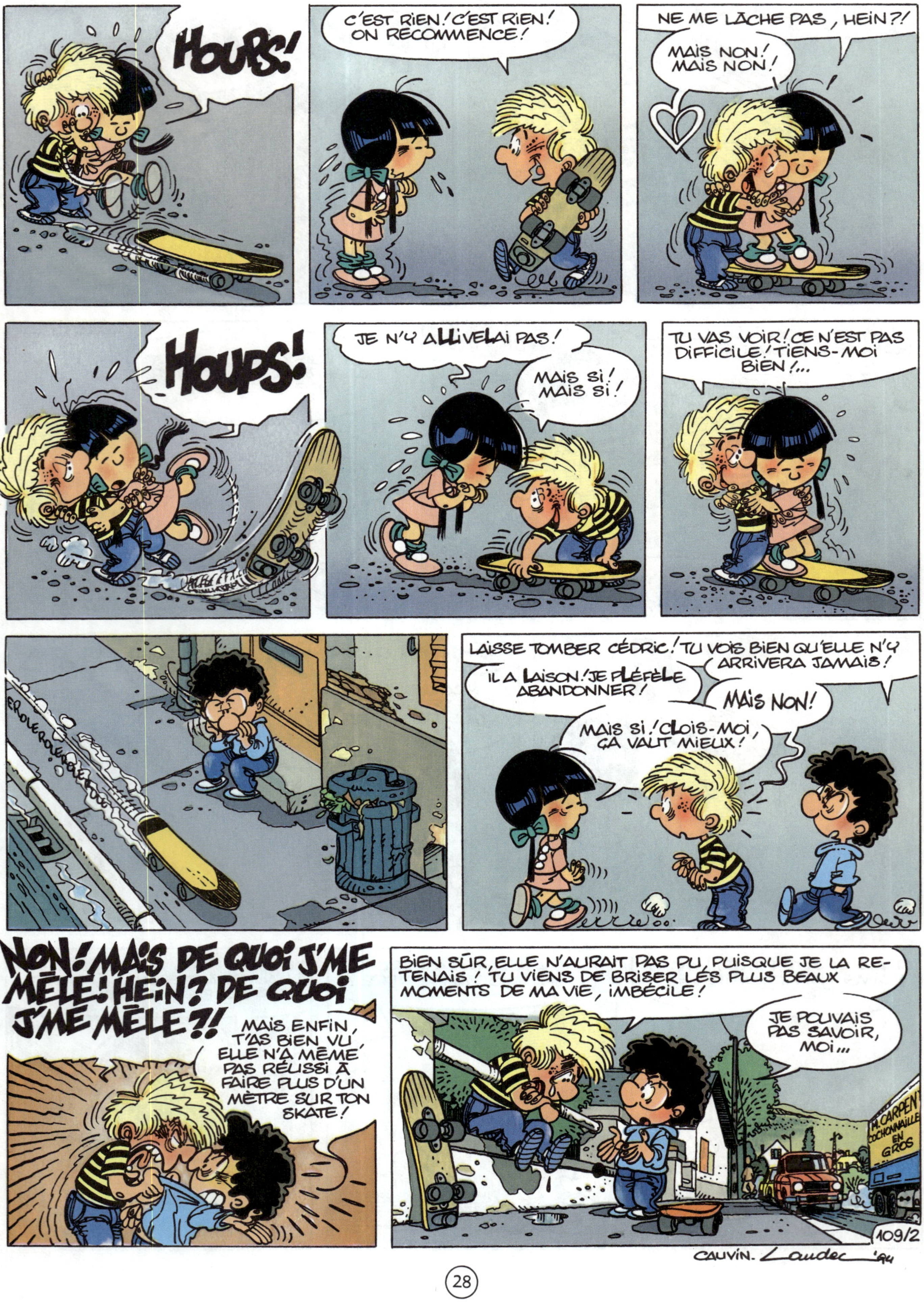
HOUPS!
C'EST RIEN! C'EST RIEN! ON RECOMMENCE!
NE ME LÂCHE PAS, HEIN?!
MAIS NON! MAIS NON!
HOUPS!
JE N'Y ALLIVELAI PAS!
MAIS SI! MAIS SI!
TU VAS VOIR! CE N'EST PAS DIFFICILE! TIENS-MOI BIEN!...
LAISSE TOMBER CÉDRIC! TU VOIS BIEN QU'ELLE N'Y ARRIVERA JAMAIS!
IL A LAISON! JE PLÉFÈLE ABANDONNER!
MAIS NON!
MAIS SI! CLOIS-MOI, ÇA VAUT MIEUX!
NON! MAIS DE QUOI J'ME MÊLE! HEIN? DE QUOI J'ME MÊLE?!
MAIS ENFIN, T'AS BIEN VU, ELLE N'A MÊME PAS RÉUSSI À FAIRE PLUS D'UN MÈTRE SUR TON SKATE!
BIEN SÛR, ELLE N'AURAIT PAS PU, PUISQUE JE LA RETENAIS! TU VIENS DE BRISER LES PLUS BEAUX MOMENTS DE MA VIE, IMBÉCILE!
JE POUVAIS PAS SAVOIR, MOI...
M. CARPEN COCHONNAILLE EN GROS
109/2
CAUVIN. Laudec '94

Toute peine mérite salaire

ZZRR... RRR...
RRRMGNNK... K... KK...
PÉPÉ !?
EH, PÉPÉ !
MMM?...
TU DORS ?
MMM...?
TU VAS PAS MOURIR, HEIN ?
MMGNN...GN...
?
QU'EST-CE QUE TU FAIS LÀ, TOI ?
BEN... JE RESTE PRÈS DE TOI, AU CAS OÙ TU AURAIS BESOIN DE QUELQUE CHOSE...
VA ME CHERCHER UN VERRE D'EAU, VEUX-TU ?!
J'Y VAIS !
112/2
CÉDRIC ?
OUIIII ?

T'ES TOUT DE MÊME UN CHOUETTE "FIEU" ! JE SUIS CONTENT DE T'AVOIR COMME PETIT-FILS...
M'AN, ÇA Y EST ! IL EST RÉVEILLÉ ! IL A DEMANDÉ UN VERRE D'EAU !
C'EST FOU CE QU'IL AIME PAPA !
OUI, ÇA FAIT PLAISIR À VOIR... ILS NE PEUVENT VRAIMENT PAS SE PASSER L'UN DE L'AUTRE...
TU N'AS PLUS BESOIN DE RIEN ?
NON, GAMIN ! JE VAIS ENCORE ME REPOSER UN PEU.
JE... JE PEUX M'EN ALLER ?
BIEN SÛR !
BON... BEN... DANS CE CAS, ÇA TE FERA VINGT FRANCS !
HEIN ?!
BEN, OUI ! DEUX HEURES À DIX FRANCS ! MAIS POUR LE VERRE D'EAU, C'EST GRATUIT !
VA DANS MON PORTE-MONNAIE, SERS-TOI ET LAISSE-MOI MOURIR EN PAIX, TU VEUX BIEN ?
?!!
VOFOU !!
?
MAIS ENFIN, CÉDRIC, POURQUOI FAIS-TU CETTE TÊTE-LÀ ? PUISQUE TU ME DIS QUE CET ARGENT, TU NE L'AS PAS VOLÉ, MAIS QUE TU L'AS GAGNÉ !
C'EST VRAI ! MAIS JE NE COMPRENDRAI JAMAIS MON PÉPÉ ! IL ME DIT TOUJOURS : "GAMIN, DANS LA VIE, NE FAIS JAMAIS RIEN POUR RIEN", MAIS QUAND C'EST LUI QUI PAIE, IL FAIT LA TÊTE !
GLACES
GINO LAMBILLO
112/3
CAUVIN - Laudec '94.

Miss Muscle

BIEN... TRÈS BIEN...
PSSST!... JE PEUX VOUS PARLER UN INSTANT?
HEIN!? EUH... OUI... BIEN SÛR!
VAS-Y! JE T'ÉCOUTE!
CHEN, ARRÊTE, S'IL TE PLAÎT!
CÉDRIC! NOM DE NOM! DE QUOI JE ME MÊLE!?
C'EST QUE...
PLUS TARD, J'AI DÉCIDÉ DE L'ÉPOUSER!
AH? AH BON? ET QU'EST-CE QUE JE VIENS FAIRE LÀ-DEDANS, MOI?
BEN, REGARDEZ COMME ELLE S'ENTRAÎNE... VOUS ME VOYEZ DÉJÀ AU BRAS DE SYLVESTER STALLONE?
CEDLIC, DIS-MOI, QU'EST-CE QUE TU LUIAS ENCOLE DIT?
MOOÂÂ? MAIS RIEN! RIEN DU TOUT! J'TE JURE!
HAHAHA HOHOHO HIHIHI
WAAHAAAH
HIHIHOHO HAHAHIHIHI
BÔM BÔM BÔM
113/1
CAUVIN. Laudec '94

A en perdre la boule

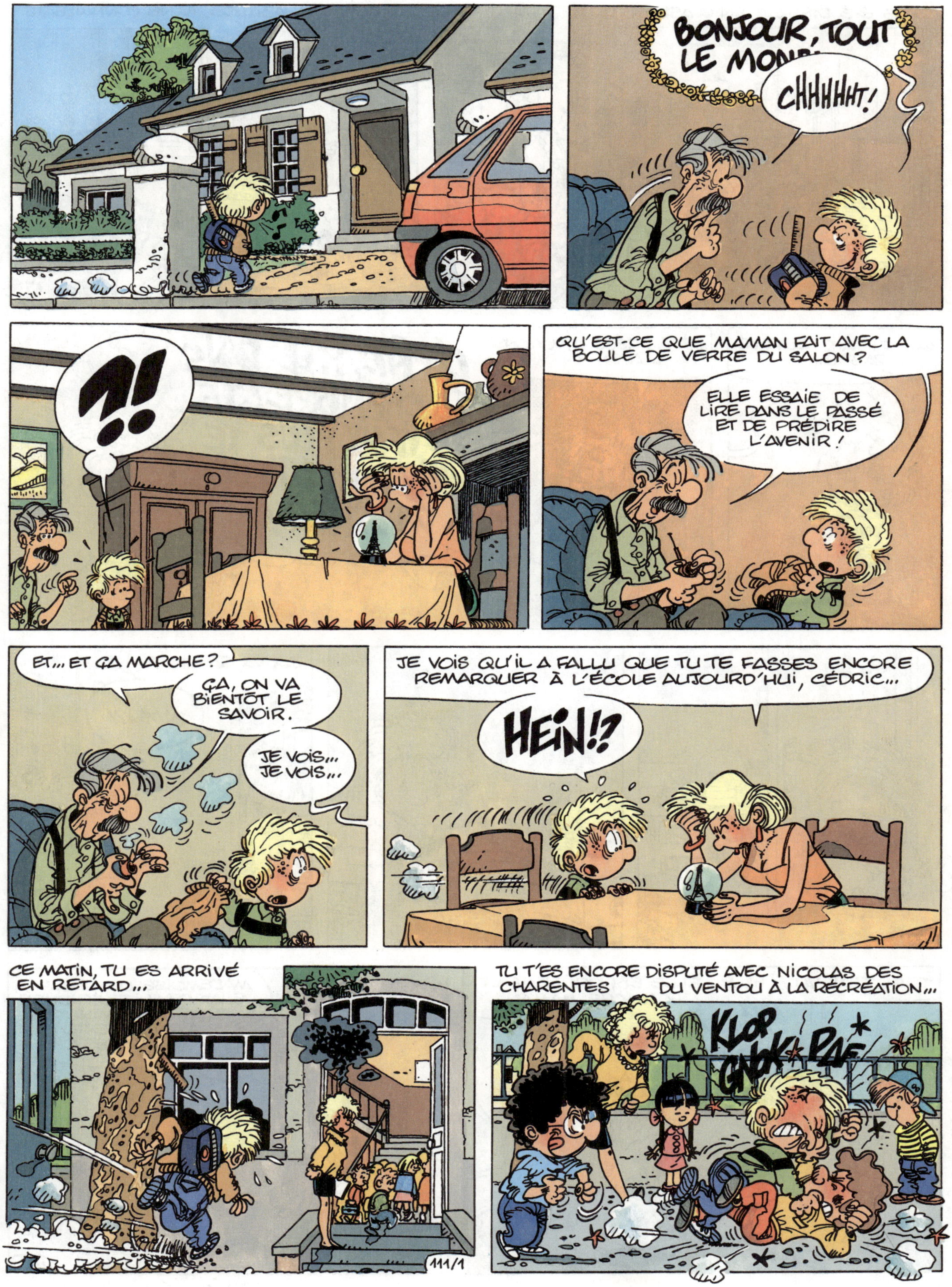

TU AS ÉTÉ DISTRAIT EN CLASSE...
...ET COMME D'HABITUDE, TU NE CONNAISSAIS PAS TES LEÇONS !
ÇA, C'ÉTAIT POUR LE PASSÉ...
...ET À PRÉSENT, VOYONS L'AVENIR...
CÉDRIC, FILE DANS TA CHAMBRE ! JE NE VEUX PLUS TE VOIR AVANT L'HEURE DU DÎNER !
ÇA VA, GAMIN ?
PÉPÉ..?!
T'AS... T'AS VU..? ELLE... ELLE EST DRÔLEMENT FORTICHE, MAMAN...
PENSES-TU !
AH NON ? ET COMMENT ELLE A FAIT ALORS ?
MADEMOISELLE NELLY VENAIT DE LUI TÉLÉPHONER JUSTE CINQ MINUTES AVANT QUE TU N'ARRIVES !
111/2
CAUVIN - Laudec '94

Bague à part

(*) VOIR ALBUM N°6 "CHAUD ET FROID"

BLINGKLING
KLIN
LE CHEMINOT VIGILANT
CHEMINOT VIGILANT
PEU APRÈS...
ROTH
BIJOUTIER
KLING
KLONG
VOYEZ-VOUS ÇA ! UNE BAGUE POUR VOTRE PETITE COPINE ... ET PEUT-ON SAVOIR DE COMBIEN VOUS DISPOSEZ, JE VOUS PRIE ?
DING
KLING
BLING
WHAHAHA
WHAHAHAHAHA
HAHAHAHAHOHIHI
BLOUF
KLING
KLONG

QUE SE PASSE-T-IL?
HIHIHI LA MEILLEURE DE L'ANNÉE... HIHIHI, JE HIHI JE T'EXPLIQUE...
PEU APRÈS...
TU AURAIS DÛ LE VOIR ALLER DANS SA POCHE, ET DÉPOSER L'ARGENT SUR LE COMPTOIR
WHAAAHAHA
HIHI
GARGL
HAHAHA
HIHI
HI?
ÇA... ÇA NE TE FAIT PAS RIRE ?
PAS DU TOUT!
CE N'EST PAS TOI QUI AURAIS EU UN GESTE D'UNE TELLE GENTILLESSE À MON ÉGARD QUAND TU AVAIS SON ÂGE...
MAIS... MAIS ALICE, À L'ÉPOQUE, JE N'AVAIS PAS D'ARGENT!
LUI NON PLUS!
ALORS, TU METS UNE PIÈCE LÀ, DANS LA FENTE, TU APPUIES SUR CE BOUTON, ET IL Y A UN OEUF EN PLASTIQUE QUI SORT. DEDANS, IL Y A TOUJOURS UNE SURPRISE ET PARFOIS, C'EST UNE BAGUE.
EN OR?
LEGUMES - PRIMEU
PERU
'SAIS PAS, MAIS ÇA BRILLE TOUT COMME...
EH, PETIT?
115/3

TOUT BIEN RÉFLÉCHI, J'AI PEUT-ÊTRE CE QU'IL VOUS FAUT...
BIJOUTIE
FRAÎCHES
EUH... HM... DE COMBIEN DISPOSIEZ-VOUS ENCORE ?
UNE FEMME, C'EST POUR UN MOMENT
UN DIAMANT C'EST POUR LA VIE
SWISS
EUH... AH OUI !
SGNIF !
DING KLING BLINK
QUE DIRIEZ-VOUS DE CELLE-CI, OU DE CELLE-LÀ ?
À TON AVIS ?
18 CTS
DÉPÊCHEZ-VOUS, S'IL VOUS PLAÎT, AVANT QUE JE NE CHANGE D'AVIS !
PLUS TARD...
QU'EST-CE QUE J'AI FAIT ? MON DIEU, QU'EST-CE QUE J'AI FAIT ?
N'EXAGÈRE PAS, DAVID ! TU AS ENCORE RÉUSSI À LUI REFILER LA MOINS CHÈRE DU MAGASIN...
PEUT-ÊTRE, MAIS ELLE VALAIT ENCORE CENT FOIS CE QU'IL M'A DONNÉ !
VEUX-TU QUE JE TE DISE ? J'AI TOUJOURS CRU QUE TU AVAIS UNE PIERRE À LA PLACE DU COEUR. JE SUIS HEUREUSE DE M'ÊTRE TROMPÉE...
N'EMPÊCHE, SI UN BIJOUTIER SE MET À AVOIR DU COEUR, IL PEUT FERMER BOUTIQUE !
KLING KLONG
AH, NON, NON NON NON ET NON
PFFFRRR...
115/4
JE NE COMPRENDS PAS ! J'AI FAIT TOUT À FAIT COMME LUI, ET ÇA N'A PAS MARCHÉ...
POURQUOI ?

Dialogue de sourds

ALLEZ, PAPA, VAS-Y, JE T'ÉCOUTE !
EH BIEN, VOILÀ...
AVEC QUOI ?
AVEC QUOI, QUOI ?
LE POULET !
AVEC DES FRITES !
CHÉRIE, OÙ EST ENCORE PASSÉ LE WHITE-SPIRIT ?
SUR L'ÉTAGÈRE DU MILIEU, PRÈS DU COFFRE À OUTILS !
J'TROUVE PAS !
C'EST BON, J'ARRIVE !
BLANG
BLINK
KLING
ZONK
ET LÀ, C'EST QUOI ?
AH TIENS, OUI ! JE NE L'AVAIS PAS VU...
MAMAN, ET AVEC LES FRITES, C'EST QUOI ?!
DE LA SALADE !
VOILÀ QUELQUES NUITS QUE JE DORS ASSEZ MAL ! À MON AVIS, ÇA DOIT PROVENIR DE MON DOS. SI QUELQU'UN POUVAIT M'AIDER À RETOURNER MON MATELAS...
?
PAPA, HI HI HI ! QU'EST-CE QUI T'ARRIVE ? TU PARLES AUX PLANTES VERTES À PRÉSENT ?
PLUS TARD...
VOUS AVEZ REMARQUÉ ? PLUS ON DEVIENT VIEUX, MOINS ON VOUS ÉCOUTE...
C'EST BIEN VRAI ! NOTEZ, J'AI TROUVÉ UNE PARADE... MAIS ÇA N'ARRANGE RIEN : MON MATELAS EST TOUJOURS DISPOSÉ DE LA MÊME FAÇON, JE DORS TOUJOURS AUSSI MAL ET J'AI TOUJOURS MAL AU DOS !
107/2
CAUVIN - Laudec '93

Affreuse méprise

C'EST VRAI QU'IL EST FORTICHE, STÉPHANE ! C'EST PAS DONNÉ À TOUT LE MONDE DE MARCHER SUR LES MAINS !
SI ! AUX SINGES !
ET D'ABORD, STÉPHANE, C'EST PAS UN SINGE !
SI, PARCE QU'IL MARCHE SUR LES MAINS !
EH BEN... EH BEN... BEN ALORS, C'EST QUE CHEN, ELLE AIME LES SINGES !
?
SPLAF
PLUS HAUT, TON DERRIÈRE, PLUS HAUT...
SPLAF
COMME ÇA ?
NON, ÇA C'EST TROP !
SPLAF
116/2

PLUS TARD...
NE ME LAISSE PAS TOMBER, HEIN?!
NON, NON, TU PEUX Y ALLER...
SPLAF
C'EST UN PLAISIR DE TE CONFIER MES PETITS OS!
MES LUNETTES!
ENCORE PLUS TARD...
TU ES PRÊT?
OUI, MAIS DOUCEMENT, HEIN? J'Y VOIS PAS GRAND-CHOSE!
HOP!
ÇA Y EST, ÇA Y EST!
... ET À PRÉSENT, LÂCHE...
JE LÂCHE!...
CÉDRIC?
ICI!
BLAF
TOUJOURS PLUS TARD...
ÇA NE MARCHERA PAS!
MAIS SI! AU CIRQUE, ILS APPRENNENT TOUS COMME ÇA!
VAS-Y!
JE PEUX TIRER?
OUI!
GNNNNN...
116/3

?!!
PAS SI FORT!
SPLAF
ESPÈCE D'ÉPINOCHE À LUNETTES!
CÉDRIC, T'ES PLUS MON AMI!
AVEC DES AMIS COMME TOI, J'AI PAS BESOIN D'ENNEMIS!
JE NE T'ADRESSERAI PLUS JAMAIS LA PAROLE!
DISPARAIS DE MA VUE, EH, LOMBRIC!
QU'EST-CE QU'IL CROIT? QUE JE SUIS INCAPABLE DE ME DÉBROUILLER TOUT SEUL?
JE N'AI BESOIN DE PERSONNE! TU M'ENTENDS? DE PERSONNE!
CÉDLIC?!
CH... CHEN?
!
!?
ALORS, MON GARÇON, DIS-NOUS, QU'EST-CE QUI NE VA PAS? TU AS DES PROBLÈMES? MMM? REGARDE, ON EST LÀ POUR T'AIDER! VAS-Y, RACONTE!
MAIS J'AI RIEN, JE VOUS JURE!
CHRISTIAN, EXPLIQUE-LEUR!
NAN!
CHRISTIAN!
ET D'ABORD, TU N'AS BESOIN DE PERSONNE!
CHRISTIAN!
QUAND J'AURAI FAIT RÉPARER MES LUNETTES!
116/4
CAUVIN
Laudec 94

L'art de présenter les choses

MAIS... MAIS... CO... COMMENT SE FAIT-IL...?!
J'AI BEAU PASSER DES HEURES À ÉTUDIER, ENFERMÉ DANS MA CHAMBRE, IL N'Y A RIEN QUI ENTRE!
VOUS VOULEZ QUE JE VOUS DISE !? VOUS M'AVEZ FAIT LE CERVEAU TROP PETIT, ALORS QUAND J'ÉTUDIE TROP, ÇA DÉBORDE!
OÙ... OÙ VAS-TU?
JE RETOURNE DANS MA CHAMBRE! JE VAIS ENCORE ESSAYER, MAIS JE NE GARANTIS RIEN. DANS MOINS D'UNE HEURE, LES MATHS ME SORTIRONT PAR LES OREILLES...
J'VOUS DIS PAS QUAND JE M'ATTAQUERAI AUX LEÇONS DE GÉOGRAPHIE...
VLAM
ALORS!?
T'EN FAIS PAS! CE N'EST QU'UNE QUESTION DE MINUTES.
À MON AVIS, ON DEVRAIT L'ENVOYER PRENDRE L'AIR, CHÉRI! IL ME SEMBLE SURMENÉ...
PENSEZ-VOUS...
110/2

MAIS ENFIN, PAPA, TU L'AS CONSTATÉ TOI-MÊME ! TU AS VU DANS QUEL ÉTAT IL EST !
ET EN PLUS, C'EST VRAI QU'HIER ENCORE, IL EST RESTÉ ENFERMÉ TOUTE L'APRÈS-MIDI DANS SA CHAMBRE ! ON NE PEUT TOUT DE MÊME PAS DIRE QU'IL N'Y MET PAS DE LA BONNE VOLONTÉ !
OUAIS ! BEN JUSTEMENT ! PARLONS-EN DE SA CHAMBRE !...
SUPER MARIOL 7
GAMES
EEEEEEH !
PLUS TARD...
... ET MÊME TES B.D ?
TOUT, JE TE DIS ! LA T.V., MES JEUX ÉLECTRONIQUES, MES CASSETTES VIDÉO... TOUT ! C'EST BIEN SIMPLE CE N'EST PLUS UNE CHAMBRE, MAIS UNE CELLULE DE MOINE !
À PRÉSENT, IL TE FAUDRA BIEN ÉTUDIER...
BEN OUI ! QUE VEUX-TU QUE JE FASSE D'AUTRE ?
110/3

VRooooo

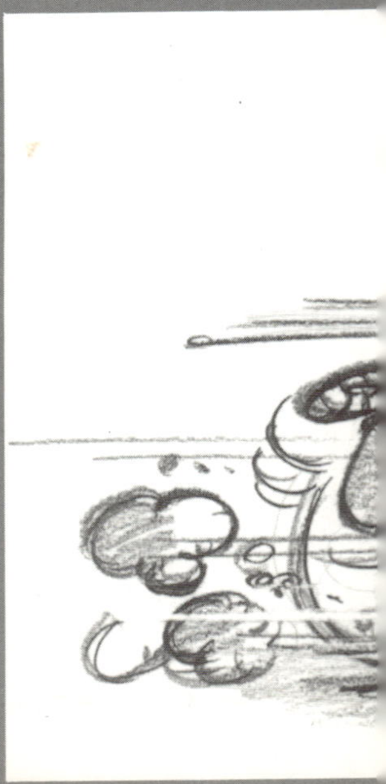